La Strage di Waterland:
Un Thriller Elettrizzante di Suspense e Mistero

Aiden Ziff

"Non ti farò del male Wendy, ti staccherò solo quella cazzo di testa". - **Jack Torrance**
-Shining (1980)

Prefazione

Dal 1925 a Waterland, in Texas, le persone scompaiono misteriosamente. Waterland si trova tra diverse riserve naturali immerse in una catena montuosa di valli e foreste di difficile accesso... ci sono anche diverse miniere abbandonate che risalgono al 1900.

Purtroppo i corpi non sono mai stati ritrovati, solo la testimonianza dei parenti è rimasta come prova, ma per quanto riguarda il governo non ha indagato seriamente sulle strade e sui sentieri di quella grande distesa di chilometri, nonostante le innumerevoli testimonianze che qualcuno ha ucciso persone vicino alla città di Wilstermann. Alcuni sospettano che ci sia un serial killer in quei boschi, altri semplicemente sottolineano la geografia pericolosamente accidentata dell'area che conta l'intera striscia boscosa... Ma nel 2006 quattro figli sopravvissuti di quell'assassino sono riusciti a raccontarmi la verità su ciò che hanno visto. I loro genitori furono brutalmente assassinati, così come un gruppo di poliziotti. I corpi non sono mai stati ritrovati, a parte un'auto di pattuglia intatta senza alcuna traccia di sangue. Chi è o chi sono le persone dietro la scomparsa di decine di persone all'anno in questa zona? Immergetevi in questa storia dell'orrore accaduta nel 2006, e se per qualche motivo vi recate in questa regione del Texas e vi arriva a casa un libro intitolato *"Denti da sega o non comprarmi"*, è meglio che scappiate, perché è il segno che questo psicopatico o assassino è vicino e sta venendo a prendervi.

I media locali non ne hanno parlato molto, forse per non allarmare la popolazione, e hanno trasmesso solo informazioni vaghe. Ma ora scoprirete cosa si nasconde davvero tra le montagne del Waterland.

Indice

Parte 1

Wilstermann città del Texas 2004, popolazione 1290 abitanti. La trentatreenne Mily Brown era una madre single che lavorava come insegnante nella scuola rurale locale. Aveva due figlie, Laurel, di sette anni, e Anita, di dieci, e una bella e grande casa ai margini dell'inizio della foresta secca. Il villaggio era immerso in grandi riserve naturali di querce e foreste nobili e aree boschive. Aveva anche strisce con ripidi canyon e pascoli. Era un luogo molto tranquillo e bello in cui vivere.

La mattina del 3 ottobre, la posta lasciò un pacco a casa dei Brown. Come al solito, la donna era uscita per andare al lavoro alle 7:00, quindi non l'avrebbe visto fino al pomeriggio. Una volta tornata a casa, la prima cosa che si disse aprendo l'armadietto fu: "Non lo vedrò fino a sera":

- Ho ricevuto un bel po' di posta oggi, e quello strano pacco in fondo, che diavolo è? Vedo che ti sei sbagliato, l'indirizzo è il mio, ma per quanto ne so non ho comprato nessun libro online, soprattutto non libri horror come sembra, odio quel genere. Beh, credo che lo regalerò a uno dei miei studenti...".

Dopo un po' il libro giaceva sul tavolo di marmo della cucina. Laurel, sette anni, chiese il permesso di leggerlo.

- Mamma, mamma, e quel libro con la brutta immagine del terrore? Chi te l'ha dato?

- Sono sicura che qualcuno si è sbagliato, tesoro, e ha inserito il nostro indirizzo e l'abbiamo ricevuto, ma lo darò via domani, non mi piacciono i libri horror per voi ragazzi". - disse mentre riscaldava dei tranci di pizza su una griglia.

- Ma posso aprirlo?

-Visto che insisti,

- Grazie mamma", ha recitato Laurel.

Passarono alcuni minuti e la ragazza iniziò a sfogliare il libro, commettendo l'errore più grande di tutti.

- E che cos'è? - chiese la madre mentre lavava alcune delle cianfrusaglie. - Continua e fammi vedere quanto sei brava a leggere, amore.

- Va bene mamma, ma...

- Che cosa stai aspettando Laurel, mentre la pizza si scalda leggimi una pagina, ma ora! perché tra poco cominceremo a mangiare. -insistette ancora.

La bambina cominciò a leggere qualcosa del tipo: "I passi che arrivano dietro di te sono reali, non pensare di sognare, l'uomo senza volto sta arrivando perché nella realtà non indossa una maschera, corri bambina corri, presto ti vedrò nella foresta. Corri, corri, non c'è modo di uscire dalla mia zona, una volta attraversate queste lettere sarà impossibile rivedere la tua mamma, sai perché bambino, perché tutto il tuo posto mi appartiene, compreso te, quindi voglio che tu esca domani e vedrai che non sarai più nel tuo quartiere" -.

Sentendo questa storia, Emily si allarmò ed esclamò:

- Ma che diavolo, Anita, dammelo, cos'è questa stronzata?

Quando la madre prese in mano il libro, notò che solo la terza pagina conteneva questo frammento e le altre pagine erano vuote e dall'aspetto vecchio. Allora esclamò:

- Che bello scherzo, probabilmente è pubblicità a buon mercato, la cosa strana è che come fanno a sapere che ci sono ragazze, sì, capisco! probabilmente è una società di pubblicità su internet, ma come facevano a sapere che viviamo solo con le donne? forse è una cosa di propaganda, ci hanno infastidito molto ultimamente. Questa è la cosa brutta di accettare le condizioni su qualsiasi sito web: rubano i tuoi dati e li vendono a quei bastardi. Beh, volevo regalarlo, ma vedo che non ha alcun contenuto di valore. Anita, porta il libro nel cestino e vieni a mangiare.

La ragazza fece come le aveva ordinato la madre e, mentre metteva il libro nel cestino, dall'altra parte della strada uno strano uomo vestito da mietitore rimase immobile a fissarla. Il suo abbigliamento era strano, in quel luogo di persone per lo più in pensione non si sarebbe mai vista una cosa del genere. Portava un cappello di paglia che gli nascondeva il volto e abiti vecchi e malandati. Quando la ragazza si voltò per entrare in casa, e quando si voltò di nuovo, lo strano individuo era scomparso. Ma non si lasciò sfuggire l'occasione di raccontarlo alla madre.

- Mamma, non crederai a quello che ho appena visto: un ragazzo vestito in modo strano davanti a casa Hamilton e mi guardava male.

- Non è ancora Halloween, tesoro, credo che con questo caldo quel tizio andrà fuori di testa.

- Non so perché, ma quel tipo mi stava guardando, credo sotto la maschera.

- Tesoro, va bene, forse voleva spaventarti, ma le principesse non dovrebbero essere spaventate da stupidi costumi. Dai, dai! Vieni a mangiare, la tua pizza si sta raffreddando.

Erano passate due settimane da quell'incidente. Era arrivato il giorno di una passeggiata con i Morgan. Il signor Jean Morgan era un ex militare sulla quarantina che, come Emily, era padre single di due bambini di dieci e sei anni e si trovava nel quartiere da non più di tre mesi. Tuttavia, era originario del luogo e si era trovato così bene con la signora Brown che, dato che lei insegnava a entrambi i bambini, facevano regolarmente delle gite in famiglia. Con lui viveva anche il fratello Thomas, trentasettenne, un tipo bohémien e festaiolo che non amava la vita, ma che era ricco, avendo ricevuto una fortuna dalla defunta moglie settantenne.

Erano le 8 del mattino quando i Morgan arrivarono alla residenza dei Brown con il loro Express Van da 15 posti.

- Vedo che sono pronti", chiese Jean Morgan scendendo dall'auto per aiutarlo a portare dentro le sue cose.

- Sì, siamo pronti", rispose Emily mentre lo salutava con un bacio.

- Dammi il cinque Laurel... Dai, non fare quella faccia Anita, sarà un viaggio fantastico, vedrai. I miei ragazzi dormono ancora lì dentro, mio fratello lo conosci Emily e le sue cattive maniere. - Jean ha gridato.

- Bene, preparo queste cose per andare, altrimenti non faremo in tempo ad arrivare alla riserva del lago. - Vedo che Jonathan, il bambino di dieci anni, è uguale ad Anita: non gli piace fare passeggiate,

- Emily annuì e mormorò: l'adolescenza e i suoi ormoni.

- Ricordo quell'età come se fosse ieri Emi.... Beh, se non hai dimenticato nulla, è ora di mettere in moto questo gioiellino", disse Jean avviando il motore.

Parte 2

Il lago si trovava a circa trenta chilometri dal villaggio di Wilstermann, immerso nelle montagne e nel profondo della foresta.

- Hai la mappa? - chiese il fratello.

- Certo che sì, quante volte ci siamo andati da giovani, l'hai dimenticato, siamo venuti qui da poco", rispose Tom.

- Vecchie colline, mi sento ancora un ragazzo, la mia memoria sta lentamente tornando. Sarà un bel fine settimana per tutti noi - disse Jean guardando il cielo soleggiato all'orizzonte.

- Non vedevo l'ora", disse Emy, "da quando mi hai invitato a Jean quindici giorni fa non mi ero ancora decisa, ma ho visto che stavamo arrostendo in paese e sarebbe stato bello fare il bagno in quel lago, mi sono detta. La verità è che vivo in questo posto da cinque anni e non sapevo che ci fosse un lago qui vicino, beh, quello che voglio dire è che c'è un ruscello dietro la foresta secca, ma non sapevo che ci fosse una piccola laguna molto in basso e sicuramente quel ruscello va lì. Spero di essermi spiegato...

- Si tratta di un'area privata, infatti non ha un proprietario, ma siccome mio nonno era un amico intimo del proprietario che è morto molti anni fa, la consideriamo praticamente nostra, anche se dal punto di vista legale non lo siamo, ma per questo non ci entra nessuno, è all'interno di campi di cui pochi conoscono l'esistenza.

- Wow, come l'hanno conservato in un posto così sicuro.

- Era un po' collinoso, ma la scorsa settimana Tom e io stavamo ripulendo un po' la parte della casa che si affaccia sul lago. Dato che vi avremmo invitato e avremmo portato i bambini, volevo che fosse perfetto.

- Papà, stiamo per arrivare? - chiese Jonathan, facendo una faccia pigra.

- Sto parlando con la signora, non essere scortese", lo rimproverò Jean.

Dopo un po' la strada finì e iniziarono due tratti di strada non asfaltata, chiese la signora Brown.

- Questo posto è bellissimo, e infine, quale strada porta a dove stiamo andando?

- Sul lato destro", gridò Tom nell'ultimo posto.

- Esatto, fratello,

- E dove sta andando l'altro? - rispose lei.

- L'altra non va da nessuna parte..., credo sia una strada sterrata di circa quattro chilometri e alla fine c'è l'inizio di una vecchia miniera.

- Ah, ok, ho capito, quindi la miniera, l'acqua, il ruscello, giusto?

- Giusto, circa cento anni fa quella miniera fu chiusa per ragioni sconosciute, il proprietario di questo posto si chiamava Milton Crower, e morì misteriosamente, poi mio nonno fu quello che recintò di nuovo tutta questa regione, più che altro perché nessuno la invadesse, e siccome allora eravamo solo dei bambini venivamo a giocare dappertutto, poi il tempo ci ha portato via da questa città... e il resto lo sai già, ti conosco da tre mesi.

- Che bella storia Jean, non me l'avevi detto.

- Dovresti farmi più domande.

- Ok, signore, le prometto che le farò di più", disse scoppiando a ridere.

Jean iniziò a percorrere la strada sterrata che portava alla casa sul lago. L'intera strada aveva un aspetto molto accidentato, solitario e poco curato.

- Mamma, mamma, ci sono dei corvi sull'albero laggiù", gridò Laurel dal sedile posteriore sporgendo la testa fuori dall'auto.

- Li ho già guardati, non sporgere la testa, potresti colpirti con un ramo.

- Stanno mangiando un cervo morto", disse Tom al suono dei suoi molari che masticavano tabacco.

- Non spaventarli, Tom, non fare cazzate. Abbiamo già abbastanza dei tuoi vizi.

- Ora, i bambini guardano cose spaventose su Internet, che non spaventano nemmeno una femminuccia. Fidatevi di me.

Dopo un po' l'auto inciampò dopo aver urtato un tronco in mezzo alla strada, che Jean non guardò.

- Che diavolo è stato, sembri una ragazza che guida", gridò Tom mentre la sua birra artigianale gli si rovesciava nella patta.

- Dannazione! Spero che il serbatoio della benzina non sia andato a puttane, perché mi è sembrato piuttosto duro... Stanno tutti bene, vero? - chiese Jean.

- Sì, mormorano tutti in fondo.

- Fratello, fai un check-up, conosci la meccanica.

Tom scese a malincuore e controllò che tutto fosse a posto, e fortunatamente per tutti fu solo uno spavento. E il paraurti era un po' ammaccato.

- Siamo stati fortunati, è stato solo l'incidente, non ha danneggiato nulla, ma stai più attento, non voglio finire in un precipizio, fratello.

- È una buona cosa", ha detto Brown.

- Immaginate se avessimo dovuto camminare per trenta chilometri all'indietro", mormorò Tom.

- Zitto, stronzo, non fare l'allarmista. Mi dispiace Emy, non succederà più", disse Jean con un certo rammarico.

- Niente affatto, fa parte di, inoltre questa non è un'autostrada interstatale. Non lo pensi (ride).

- Beh, ora starò più attento.

Parte 3

- Mi sto annoiando papà, stiamo per arrivare? - chiese il ragazzo più giovane.

- Inizia a giocare meglio al tuo videogioco, Lucas. Ehi Tom, guarda la mappa e vedi quanto manca.

- Solo quattordici chilometri. - rispose sarcastico.

Passarono circa trentacinque minuti attraverso paesaggi solitari pieni di alberi ad alto fusto e pini che davano un'aria di sfiducia nelle profondità di quella natura. Fortunatamente per i bambini, che già si lamentavano per il lungo viaggio, duecento metri più avanti videro una bella casa di legno sul pendio di fronte a un piccolo lago dall'acqua cristallina. Allora Jean parcheggiò in cima alla collina, poiché non c'era accesso alla casa, che si trovava a circa quaranta metri sotto la geografia rocciosa in discesa.

- Siamo arrivati finalmente, il viaggio fa schifo quando non si può fumare o abbracciare una signora", dichiarò Tom.

- Ragazzi, mettete giù le vostre cose, lasceremo il furgone qui", ordinò Jean.

-Wow, che vista meravigliosa, non avrei mai immaginato che aveste un posto così vicino al nostro villaggio", disse Emily a Morgan.

Nel frattempo tutti i bambini correvano per metri con il buon Tom e i suoi scherzi.

- Farà loro bene Emily... sai che queste passeggiate alla loro età fanno bene, una sana convivenza - commentò Jean mentre le rivolgeva un piccolo sorriso.

- Grazie Jean, da quando ho divorziato due anni fa non siamo più usciti per cose del genere e, credimi, lo apprezzo molto,

- Non preoccuparti, lo faccio con il cuore, comunque, lasciamo da parte i sentimentalismi, questo posto è da godere... scendiamo, appoggiati alla mia spalla, il terreno è roccioso e un po' ripido e allentato-.

Era l'una del pomeriggio e il sole si rifletteva sul bellissimo lago Waterland, il nome del luogo... Tom stava preparando un barbecue con chorizo e roast beef, tutti gli adulti bevevano birra artigianale e i bambini giocavano nelle acque cristalline del lago,

- Voi ragazzi cattivi venite a mangiare, non vi parlerò mai più", gridò Tom oltre una piccola collina sul bordo del lago.

- Arriviamo, zio Tom", si legge in un coro di tutti mentre escono dall'acqua, bagnati fradici.

Tutti hanno finito di mangiare verso le due e poi hanno fatto un pisolino di due ore.

- Che bella serata, non credi, Tom?", disse Emily.

-E mio fratello, a quanto vedo, sta ancora dormendo. Credo che abbia bisogno di una donna che gli dia energia.

- Ah, non dire così, non volevo svegliarlo, è stanco, lascialo stare!

- Perché non fai la proposta a mio fratello? Lo so che vi piacete entrambi. -Tom ha accennato.

-Smettila, non mi sento adatto a una relazione in questo momento.

-Se lo dici tu. Una di queste volte ti picchieranno per non aver accelerato, quindi non dire che non ti avevo avvertito-.

A quel punto Tom si rivolse a tutti i bambini seduti e propose: "Ehi, pigroni, ho un pallone, non vi va di giocare a calcio? Vedete quel campo spoglio dietro la casa, vicino agli alberi del bosco?

Tre di loro hanno detto: "Certo, zio Tom".

- Allora giochiamo, Emily vuoi giocare?

- Sono ancora piena, gioco, resterò a guardare le splendide acque", disse Emily guardando in lontananza la vista panoramica.

- Ci rimetti tu, è per questo che le donne ingrassano sempre.... - mormorò mentre si dirigeva verso il retro della casa con il resto dei bambini.

- Voi due ragazzi calcerete per primi, Anita sarai il portiere su quei due sassi che ho messo, giusto, e se avrete un goal andrete a prenderlo, ok? - disse il ragazzo.

- Va bene", disse la ragazza.

Sam è andato per primo e ha tirato il pallone in porta e ha dovuto andare a prenderlo in una fitta area boschiva, poi è stato il turno di Jonathan e del gol.

- Lero lero Anita dovrà andare a prendere la palla", gridarono tutti ridendo.

Senza sapere esattamente dove fosse caduta, la ragazza avanzò grazie alle voci alle sue spalle che le dicevano di andare avanti, quando attraversò alcuni pini dalle foglie lunghe circondati da rami selvatici, guardò in lontananza la palla bianca vicino a una vite e quando si avvicinò, a circa venti metri dal suo obiettivo: La ragazza rimase immobile con gli occhi spalancati, lo strano essere mosse la testa e prese la palla, poi quella bocca a denti di sega si aprì, sorrise e lanciò la palla, che cadde proprio ai piedi della ragazza. L'uomo dalla bocca a sega le fece segno con il dito di raccoglierla, lei si chinò senza perdere il suo sguardo e subito lo spaventapasseri mietitore tornò dietro alcuni cespugli, e fu allora che la ragazza corse terrorizzata attraverso il fogliame... quando arrivò, tutti le chiedevano perché ci avesse messo tanto. Quando Tom non rispose, le chiese: "Stai bene, Anita?

Senza dire una parola, la ragazza indicò la foresta.

- Cosa c'è che non va, Anita? Un animale che hai visto ti ha spaventato?

Questa volta rispose con voce balbettante.

- Laggiù c'è un uomo con una maschera. - indicò la strada verso la fitta foresta.

- Un uomo con la maschera? Ma", esclamò Tom volgendo lo sguardo in profondità nella vegetazione montana.

- Probabilmente ti sei confusa con le ombre, ragazza, non sei abituata a vedere enormi pini. Beh, il gioco è finito, torniamo a casa.

- Per colpa tua non giocheremo più", brontolarono i bambini, che la guardavano male.

Con il tempo Emily e Jean erano sedute sul bordo del lago a guardare il tramonto. Andavano molto d'accordo e l'amicizia che era iniziata in quel modo si stava lentamente trasformando in qualcosa di più.

- Sai Emily, non riesco a dirtelo, ma vorrei chiederti, non hai mai, sai..,

- Mamma", interruppe la bambina più piccola, "mamma Anita si comporta in modo strano da quando abbiamo giocato a calcio, non ha voluto fare merenda, non ha nemmeno mangiato la sua torta preferita,

- Tesoro, aspetta un po', finisco subito...

- Va tutto bene, mamma. - rispose la bambina.

-Cose da bambini", disse Jean, sorridendole.

- Le dispiace se la lascio per un momento e vado a...?

- Certo che no Emy, vai pure, vai... magari, vedermi qui con te sai, non è mai la stessa cosa vedere sua madre con un altro, anche se credo che lei lo percepisca, e ti dirò; non siamo ancora niente, ma mi piace la tua compagnia.

- Grazie per essere stati così gentili con me, tornerò...".

- Tesoro, perché non hai voluto mangiare la tua torta preferita?

- Non ho fame.

- Ti senti bene, bambina mia?

- Ehi, Emily si comporta in modo strano da quando è andata a prendere la palla", disse Tom, sdraiato sulla schiena su un vecchio materasso nel retro.

- E dove sono finiti?

- Era una dinamica per cui chi segnava un gol doveva andare a prendere la palla all'interno degli alberi della foresta", ha spiegato.

Parte 4

Rivolgendosi ad Anita, Emily le chiese ancora una volta.

- Tesoro, hai visto un animale? Perché sei così? Dimmelo, con fiducia.

- Dietro il cespuglio c'era un uomo con una brutta maschera.

- Cosa? Cosa vuoi dire con una maschera? Nel bel mezzo del nulla?

- Sì.

- È quello che ha detto", ha detto un altro dei bambini.

- In effetti, Emily, ha detto qualcosa del genere, ma probabilmente si trattava dell'ombra degli alberi, te lo dico io perché da bambini vedevamo cose del genere, ma alla fine erano solo illusioni delle ombre dei rami.

- Ma l'uomo mi ha lanciato la palla", disse la ragazza con gli occhi pieni di paura.

- Cosa? - mormorarono tutti insieme guardandosi l'un l'altro.

- Perché non me l'hai detto? - disse Tom alzandosi a sedere.

- E cosa pensi che sia? - Emily chiese con una certa preoccupazione mentre lo fissava.

- Dev'essere stato un burlone che si aggirava nei paraggi... Guarda Emily! Qui è sicuro, perché dovresti preoccuparti, hai Jean un ex militare e anche me, andrà tutto bene.

-Sentite, sono preoccupata per la sicurezza delle ragazze, quindi lasciatemi uscire e raccontare tutto a Jean.

- Ehi Jean", gridò Brown salendo i gradini di legno.

- Che succede Emy, va tutto bene?

- Sto bene, ma qualcosa non mi piace.

- Dimmi cosa sta succedendo?

- Beh, qualche ora fa, mentre tu dormivi come ti ho detto, tutti giocavano a calcio dietro casa per via del terreno... il punto è che la mia bambina Anita è andata a prendere un pallone, credo a una cinquantina di metri di distanza nel bosco, e quando è tornata era come ammutolita, questo è quello che hanno detto tutti i bambini, e anche tuo fratello, e questo è il motivo per cui è così, insomma, le ho chiesto perché, e sai cosa mi ha risposto: che un uomo con una brutta maschera l'ha spaventata nel bosco e le ha tirato il pallone e all'improvviso è sparito. Non mi sento a mio agio Jean a sentirlo dire; non mi sento a mio agio a dormire in mezzo al nulla di notte.

- Sicuramente non si è trattato di un malinteso, le ombre o gli animali sono comuni qui.

-No", disse seccamente, mordendosi gli angoli della bocca.

- Nessuna delle mie bambine ha paura di vedere le ombre, siamo onesti... inoltre, Anita non è una di quelle bambine che hanno paura di tutto, deve essere qualcosa di strano per lei per essere così.

- Va bene, andiamo. - Se me lo chiedete, ce ne andremo ora, ci siamo divertiti, sono ancora le 17.00. Abbiamo circa due ore prima del tramonto e potremmo facilmente essere in viaggio prima che faccia buio. Bene, sistemiamo tutto e andiamo via.

Dopo qualche minuto tutti stavano preparando i bagagli e le cose per metterli in macchina a pochi metri dalla collina. Jean e Tom erano nel soggiorno della casa.

- La parte migliore era domani", sussurrò Tom infastidito.

- Tranquillo vecchio, Emy ha ragione, potrebbe essere vero e forse non è un pazzo che ha visto la ragazza, ma è meglio essere tranquilli per loro... sai, per me non è un problema, ma sai, sto solo facendo questo passo successivo... e se lei si arrabbia a causa del mio orgoglio di maschio alfa, non si fiderà più di me per i viaggi futuri.

- Va bene, fratello, andiamo allora.

Nella sala sottostante, tutti aspettavano.

- Le vacanze sono finite", scherzò Tom lanciando una pallina da tennis a uno dei ragazzi, che rimbalzò sulla sua testa.

- Non fare lo stronzo, amico, mi ha fatto male.

- Tom chiude la porta, andiamo, bambini, uscite di casa, lo zio Tom sta per chiudere la porta.

Dopo aver scalato il piccolo versante della montagna, qualcosa li ha bloccati.

-Figli dei loro... non può essere", gridò Emy isterica.

- Chi cazzo è stato? -Thom scalciò l'aria.

- Accidenti, qualcuno ha forato le gomme", esclamò Jean portandosi le mani alla testa e guardandosi subito intorno incredulo.

Emy iniziò a tremare insieme alle ragazze.

- Gliel'ho detto e non mi hanno creduto, Anita non mente mai, quel pazzo probabilmente li ha presi a pugni, chi altro? - disse la madre.

- Ha ragione, non è giusto", argomentò Jean aprendo una valigia e tirando fuori una pistola da 9 mm.

- Perché sei armato? - chiese un po' seccata.

- Non preoccuparti Emy, è per sicurezza, come sai sono stato nell'esercito e mi è permesso usarle, inoltre se qualche burlone prova a farlo vicino a casa gli sparano, questo è sicuro. Non abbiamo gomme di scorta, quindi domani andremo a piedi fino alla strada, penso che sia un po' tardi e che la notte ci coglierebbe in mezzo alla strada; e così sarebbe rischioso.

- Non può essere", mormorò Emy stringendo i denti per l'impotenza.

-Mamma, ho paura", dice Anita, "non preoccuparti, tesoro, va tutto bene.

- Torniamo in casa, qui non c'è niente da fare", ordinò Jean.

Parte 5

Una volta entrati in casa, fece chiudere al fratello la porta sul retro e la barricò con alcune tavole per sicurezza, e sul davanti mise una vecchia poltrona pesante. Erano tutti seduti in salotto a bere il tè. La casa era a un solo piano e aveva due porte di accesso, con due grandi finestre sul davanti che si affacciavano sul lago; la parte più vulnerabile della casa nel caso in cui qualcuno fosse entrato, dato che non c'erano protezioni metalliche, ma solo bastoni di legno che fermavano le finestre.

- Non preoccuparti Emy, andrà tutto bene, domani partiremo presto", disse Jean abbracciandola teneramente. - Dormiremo qui tutti insieme", disse.

- A proposito, cosa pensi che abbia guardato Anita?

- Sarò onesto con voi, secondo me deve essere stato un burlone, non ci sono villaggi qui intorno, ma ci sono spesso banditi, voglio dire, giovani, sapete, che vengono qui per scherzare. Questo è il mio punto di vista, e visto che una settimana fa era Halloween, è logico che li usino ancora per spaventare la gente.

- La sua spiegazione mi rassicura, forse si trattava proprio di questo.

Con la pistola in mano, Jean e la compagnia passarono la notte senza incidenti. Al mattino presto Tom fu il primo a svegliarsi e ad aprire la porta.

- Cosa? Che cazzo, che diavolo di libro è questo?", si disse mentre lo raccoglieva ai suoi piedi. - Uh, *non comprarmi* che titolo del cazzo, andate a farvi fottere, - e poi fermò il dito in direzione del lago. - Lo saprai, ma prima, beh, cosa dirà questo libro? Sembra più vecchio del mio ex, che non ha più premuto.

Tom iniziò a sfogliare il libro e alla terza pagina venne letto lo stesso messaggio, simile a quello che Anita aveva precedentemente letto a sua madre due settimane prima. Quando finì di leggerlo imprecò in aria, come era sua abitudine. - Questi figli di puttana vogliono spaventare con l'infantilismo, bah, quelli che hanno fatto questo libro hanno speso solo per le pagine vuote-.

-Ragazzi, alzatevi, devo mostrarvi qualcosa", gridò a tutti, mentre alcuni bambini borbottavano perché li aveva svegliati. Emy si svegliò all'istante e così le ragazze.

- Che c'è fratello, è troppo presto per scherzare, non credi? Sono solo le sei e mezza del mattino,

- Non è uno scherzo Jean, solo che i burloni o il burlone hanno lasciato questo libro all'ingresso delle scale di legno appena fuori dalla porta.

- Sei sicuro?

-Sono abbastanza sicuro di chiamarmi Tom.

- Che diavolo, non può essere", disse Emily, soffocando.

- Cosa c'è che non va, Emy, stai bene? È questo libro", chiese Tom mostrandoglielo più da vicino.

-No, no", mormorò.

- Mamma, è lo stesso libro che ti ho letto, ricordi? Due settimane fa.

- Sì, tesoro, è la stessa e per quanto ne so l'hai buttata via, vero? Anita.

-Sì mamma, l'ho buttato via, ma quando ho buttato via il libro quella volta ti ricordi anche che ti ho detto di aver visto un uomo in piedi dall'altra parte della strada, proprio vicino alla casa degli Hamilton.

- Sì, ma l'avevo dimenticato, e com'era?

- Sembrava uno spaventapasseri e aveva una maschera simile a quella dell'uomo nella foresta. Molto simile all'immagine del libro.

- Non mi piace affatto Jean, non credo nelle coincidenze, ma questo va oltre il mio limite.

- Non preoccupatevi, è già giorno, probabilmente sono casi isolati... per questi appuntamenti di Halloween, ovviamente tutti indossano il costume. Bene, ora facciamo colazione e ce ne andiamo, poi io e mio fratello torniamo a prendere il furgone.

- Ok, ora dobbiamo fare colazione.

-Ragazzi, alzatevi", ordinò Jean, "dobbiamo fare colazione, dobbiamo camminare lungo la strada per arrivare al villaggio.

Non c'è tempo per lavare i piatti, è ancora presto prima che il sole ci colpisca in pieno. Stavo pensando che è meglio portare le cose più importanti negli zaini, il resto dovrebbe rimanere qui e poi verremo io e mio fratello, perché è troppo pesante portare tutto adesso.

- Penso che sia giusto", ha detto Emily.

Una volta chiuso, uscirono nel piccolo cortile antistante e Jean diede alcune istruzioni.

-Ragazzi, so che è un burlone a farlo, ma è meglio essere avvisati, se io e mio fratello fossimo venuti qui non sarebbe successo nulla, ma Emily ha ragione; la sicurezza di tutti voi viene prima di tutto... Voglio che restiate uniti, non è molto, forse due ore per arrivare alla strada, quindi Lucas e Jonathan, state vicini a me, e voi due ragazze e vostra madre. Tom non dimenticare la mazza.

Erano le 8.30 del mattino quando tutti si incamminarono sulla stessa strada polverosa che avevano percorso in mezzo a quella foresta scura piena di alberi alti e pini.

- Sembriamo gli stessi del film Texas Chainsaw Massacre, vero Jean? Spero di non finire con le budella di fuori", scherzò Tom.

- Non dire sciocchezze... ragazze, sapete com'è mio fratello con le sue battute sciocche...".

Dopo una decina di chilometri senza incidenti, i bambini si lamentarono di essere stanchi e di volersi riposare. Il padre acconsentì e si fermarono sotto un albero frondoso.

- Chi sono quei teppisti che ci hanno fatto uno scherzo e ci hanno rovinato il weekend? - disse Tom un po' seccato. - Lasciatemi solo mettere le mani addosso a quei furfanti e si ricorderanno della loro mamma", aggiunse.

- Calma fratello! Sicuramente l'hanno fatto ieri, è evidente che se ne sono già andati, senza dubbio erano adolescenti di non più di diciotto anni che hanno trovato questa zona affascinante per le loro malefatte.

- Ehi ragazzi, non litigate", interruppe Emily mentre si riposava su una roccia insieme alle ragazze.

- Ma non vi sembra strano che la casa fosse chiusa a chiave senza alcun segno di effrazione o di furto?", ha aggiunto.

-Tom, Emily ha ragione, è strano, per esperienza so che i vandali o i vagabondi di solito fanno graffiti, rompono le finestre e rubano, ma la casa era intatta, è una cosa stranissima.

-Devono essere dei teppisti civilizzati, vero Jean? - scherzò il fratello, afferrando la mazza e gridando verso il bosco.

- Forza, figli di puttana! Muovete il culo, venite qui e vi spacco il cranio, ha! Avete rovinato il mio prezioso weekend e vi nascondete ancora, brutti stronzi!

I ragazzi erano abituati al temperamento esitante e spericolato dello zio Tom, ma le ragazze non erano altrettanto abituate, così Jean rimproverò il fratello.

-Attenzione alle parole Tom, ci sono delle signore davanti a te, sii più educato.

- Scusate ragazze", disse, "ma queste cose tendono a mandarmi in bestia, quindi andiamo avanti, il sole sorgerà presto". - disse mentre avanzava con la sua mazza sulla spalla, camminando senza preoccuparsi del mondo e canticchiando la canzone di John Lennon *I imagined*.

-Lo zio Tom ha ragione, andiamo avanti o ci vorrà una vita.

Poi, circa cinque chilometri più avanti, la carcassa maciullata di un cervo li fermò. Sulla carcassa, decine di corvi dagli occhi rossi li fissavano quasi con un messaggio subliminale sulla fronte, come a dire: "Morite, intrusi". Tutti erano allarmati, anche l'incredulo Tom.

-Buon Dio, chi è stato? - disse Emily distogliendo lo sguardo dalla ragazza più giovane.

- Non guardate questo, che diavolo è Jean, ci sono dei lupi qui?

- È meglio che ci muoviamo", disse un po' allarmato.

Parte 6

- Non puzza ancora, significa che è fresco; tre ore al massimo. -Tom ha sottolineato.

- Non mi piace per niente, prima Anita, poi il libro, che diavolo è questo? Ci stanno addosso, che diavolo, da quando è uscito il libro..., non mi piace per niente", ha detto Emy. - Non ho nemmeno problemi se qualcuno mi fa uno scherzo del genere, non parlo nemmeno con i vicini", ha aggiunto.

- Forse è una coincidenza, non preoccuparti", disse Jean mentre camminava con lo sguardo fisso davanti a sé.

- Tom, quanto tempo ancora?

- Ho dimenticato la mappa, ma lo sento a una decina di chilometri", risponde. - Vedo che il sole si sta già scaldando, meno male che c'è ancora la parte più in ombra della strada.

-L'ultima cosa che mi interessa è l'ombra, Tom", disse Emily, un po' turbata.

Anita camminava con la madre sul lato sinistro della strada che si affacciava sulla profonda foresta, dall'altra parte c'era la sorella minore. Quando giunsero a una svolta della strada che si trovava un po' in mezzo a delle piccole montagne, ideali per un'imboscata in quei vecchi anni del West... improvvisamente intravide lo stesso uomo simile a uno spaventapasseri con una strana maschera a denti di sega mimetizzato tra gli alberi semi-secchi e verdastri, proprio come quello della foto del libro. Immediatamente pungolò le costole della madre con il dito e indicò verso l'alto.

- Cosa c'è, tesoro?

-Mamma di sopra, di sopra, eccolo lì.

- Allora, cosa sta succedendo là dietro? - disse Jean voltandosi - Cosa stanno guardando lassù?

- Lo stesso uomo con la maschera di mamma.

- Cosa? Non può essere", mormorò la madre, un po' turbata.

Jean estrasse l'arma infusa nella cintura e si voltò in quella direzione proprio dove alcuni rami venivano spostati dall'inerzia di qualcosa che li muoveva.

- Tom, tu resta con i bambini, io vado di sopra, sono sicuro che quel burlone è lì, gli darò una lezione.

- Fate attenzione", disse Emy abbracciando le sue due bambine.

- Non preoccupatevi, torno subito, sono abituato a queste cose". - pronunciò Jean impugnando la sua pistola 9 mm e salendo un ripido e malconcio pendio nella boscaglia.

Parte 7

-Non preoccuparti Emy, mio fratello era un tenente militare, sa quello che fa ed è un ottimo tiratore, non per niente ha ottenuto diversi primi posti nel tiro al bersaglio. - confessò.

- E' che ci sono così tante coincidenze, prima un libro che arriva a casa mia senza che io l'abbia richiesto, poi mia figlia che quel giorno guarda lo stesso ragazzo dal davanti. All'epoca non ci feci caso fino a quando mia figlia lo guardò in mezzo alla foresta ed era lo stesso ragazzo... e la cosa peggiore, il libro che avevamo buttato nella spazzatura appare in mezzo al nulla e sulla porta. E ora un cervo mutilato, ah! e ho dimenticato la cosa più importante; qualcuno ha tagliato le quattro gomme della macchina... e penso che questi scherzi, se è un burlone; ha esagerato. - Disse un po' turbata e nervosa mentre si mordeva le labbra inaridite.

-Ha ragione, non si preoccupi, arriveremo presto alla strada.

Nel frattempo Jean, in mezzo agli alti pini dalle foglie lunghe, puntava il fucile in avanti, ovviamente con una tattica militare letale, e gridava in aria.

-Non so quale sia il tuo cazzo di problema, se sei qui, fatti vedere, non sto giocando... hai avuto l'audacia di tagliarmi le gomme, di spaventare i miei ospiti e stai ancora disturbando quando stiamo per uscire da questa cazzo di strada, dai amico, smettila di cazzeggiare, figlio di puttana, se non vuoi che ti sparino", ha detto.

Quando finì di pronunciare queste parole, un rumore alle sue spalle fece smuovere alcuni rami; subito Jean si voltò e per sua fortuna si trattava solo di un coyote che stava scappando dal posto, ma, quando stava per tornare indietro, davanti a lui apparve lo stesso uomo che aveva visto la ragazza, che indossava un abito esageratamente largo simile a uno spaventapasseri, oltre a una maschera di cuoio con una bocca segata senza occhi, e a enormi scarpe nere consumate con lacci rossi, e in mano aveva una mazza metallica chiodata. Jean lo guardò stupefatto, ma l'addestramento della milizia gli aveva fatto avere un po' di sangue freddo, quindi non indietreggiò e prese la mira.

- Sono sicuro che sei un dannato idiota, ma ti avverto, questa pistola che sto puntando non è un giocattolo e non sputa acqua, e se fai un solo passo avanti ti riempio lo stomaco di buchi", avvertì.

La strana creatura simile a uno spaventapasseri rimase immobile, ma improvvisamente cominciò a camminare verso Jean. Senza pensarci troppo, l'ex militare sparò due proiettili alle gambe, ma quando si accorse che non facevano una piega, lo colpì tre volte al petto, ma non bastò, così scaricò l'intera carica, abbattendolo finalmente.

Con l'adrenalina a mille, Jean corse di corsa tra i cespugli per tornare dagli altri.

- Scappa", ha avvertito da lontano.

- Che cosa erano quegli spari? -domandò Tom, afferrando uno dei bambini per mano.

-Non c'è tempo, ma Anita aveva ragione, è un pazzo con una maschera di pelle, corri", ripeté Jean mentre caricava l'ultimo caricatore della 9 mm.

Pochi secondi dopo, quando raggiunse tutti, respirava affannosamente.

- Che diavolo è successo lassù? - chiese Amy correndo.

- C'è un tizio con una pistola a spillo..., ha mangiato quindici proiettili, ma non so se ce ne sono altri con le sue manie, il fatto è che ha preso quindici proiettili e stava ancora cercando di alzarsi.

- Non può essere, dissi, un posto del genere in mezzo al nulla non porta mai nulla di buono.

- Perdonami, non ho mai avuto intenzione di farlo.

Parte 8

Dopo un po' di corsa si sono fermati, perché i bambini non ne potevano più.

- Non preoccuparti, ho ancora quindici proiettili nel caso in cui arrivi qualcuno. Anche se non credo che si tratti più di quel tizio", affermò Jean guardandosi intorno.

-E com'era questo malato? - chiese il fratello. Proprio mentre Jean stava per rispondere, una mazza chiodata apparve dal mezzo degli alberi e si conficcò nel cranio del feroce Tom, lasciandolo floscio e con una smorfia di orgasmo sul volto. Poi lo stesso spaventapasseri con la bocca a sega apparve lungo il pendio verso la strada. Tutti si voltarono subito e videro il corpo di Tom che giaceva a terra come un rifiuto... Le ragazze ed Emily urlarono di terrore, mentre Jean cercava di calmarle, ma fu impossibile, quando videro la cosa che aveva ucciso il loro fratello.

- Non so se quella cosa sia umana o meno, ma le hanno sparato quindici volte e dovrebbe essere malconcia. Non c'è niente al mondo che possa sopportare quel... Non so cosa diavolo sia, ma non sembra ferito. Voglio che tu corra più forte che puoi con i ragazzi e le ragazze, non ci sono più di due miglia da percorrere, puoi farcela, io cercherò di distrarlo il più possibile, sparerò il resto dei proiettili.

- No. Non fare così Jean, corriamo insieme, abbiamo più probabilità di uscirne vivi, quella cosa ci raggiungerà, forza! Fai come ti dico.

-Vieni con noi", mormorò uno dei suoi figli. 8

Sbrigati, potrei raggiungerti più avanti, andiamo, quella cosa sta arrivando.

Emily e gli altri corsero con impeto fino a perdersi sulla strada sterrata. Dodici spari risuonarono alle loro spalle e poi un silenzio di morte cadde dietro di loro. Dopo un'estenuante corsa di venticinque minuti riuscirono a uscire dall'inquietante area boschiva.

-Mamma, mi fanno male i piedi", disse Laurel, mentre la ragazza più grande zoppicava un po'.

-Ho paura di dirlo, ma quella cosa assomiglia proprio a quella del libro", disse mentalmente Emily a se stessa, evitando di spaventare le figlie a tutti i costi, "temo che la maledizione si stia compiendo, non credo nella magia, ma, se è vero quello che dice il libro in quella pagina, beh è una sciocchezza, non ci credo, molto probabilmente è un pazzo psicopatico che ci ha spiato o non lo so, ma sta cercando di ucciderci".

A una trentina di metri di distanza vide la statale che portava alla città, la attraversò insieme a tutti i bambini... in mano teneva un rosario e in posizione di preghiera implorava mormorando: "Avanti! Una macchina, lasciate passare una dannata macchina...".

Dopo qualche minuto, per fortuna di tutti, scorgono in lontananza un'ambulanza Volkswagen t2 marrone, forse degli anni Quaranta.

-Finalmente un'auto", disse tra sé e sé.

Quando l'auto si fermò Emily le si avvicinò e disse quasi in tono supplichevole, ma sperando in un po' di calma: "Potrebbe darci un passaggio in città signora, la nostra auto si è rotta, siamo stati attaccati nel bosco, per favore, quel pazzo deve essere vicino alla strada".

- Mi dispiace molto", rispose l'anziana donna, di circa settant'anni. - Non c'è problema, può entrare, ma si pulisca le suole, non voglio polvere", aggiunse con meschina freddezza.

-Ma prima di questo vi avverto che non andrò nella città di Waterland o come la chiamate voi Wilstermann.

- Allora, dove stai andando? - chiese un po' perplessa.

- Immagino che conosciate la valle che sta arrivando nel vostro villaggio.

-Certo che lo sappiamo, è una bellissima nursery.

- Quindi raccoglierò lì alcune piante medicinali.

- Capisco, non importa se ci porta lontano da qui, sarebbe perfetto per noi", disse un po' frettolosa Emily che si girava paranoica e implorava la vecchia signora di accendere quel cazzo di motore di quella macchina che sembrava un fossile.

-Se è così, entrate pure dal retro, questa porta d'ingresso non va bene. - Indicò l'anziana donna, che sembrava di un'altra epoca per il suo abbigliamento in stile anni Quaranta.

Dopo averli fatti salire in fretta e furia e averli fatti accomodare il più possibile in quell'auto vecchia e disordinata, li ringraziò:

- Grazie mille davvero, signora, io sono Emily, i ragazzi appartengono a una conoscente e le ragazze sono le mie figlie, la ringrazio per la sua gentilezza nel portarci qui.

L'anziana donna dai capelli bianchi non disse nulla, si limitò a pagare la radio. Ciò che sembrava inaffidabile, tuttavia, era il suo distintivo, che tirava fuori dalla bocca come se fosse un tic e lo infilava dentro, intriso di saliva. I suoi occhi infossati facevano paura.

- E vive nelle vicinanze? -La signora Brown si è interrogata di nuovo.

-Vivo dall'altra parte del vostro villaggio, ma ho bisogno di alcune piante medicinali che si possono trovare solo dove vado io", rispose la signora con una voce indescrivibilmente roca.

- E come si chiama, se posso chiederlo?

-Non importa il mio nome", disse l'anziana donna, un po' seccata.

Emily, rendendosi conto dell'antipatia dell'anziana donna, è meglio che smetta di fare domande.

A poche miglia dal raggiungere la strada sterrata che portava proprio alla nursery, l'apparente destinazione della vecchia, Emily notò qualcosa di spaventoso, qualcosa che non aveva notato quando era entrata, e che era proprio davanti a lei quando aveva chiesto il raite.... Sulla lavagna della vecchia c'era lo stesso libro che le era arrivato per posta due settimane prima e lo stesso libro che era stato messo sulla porta della cabina: Non *comprarmi e in copertina il ritratto dell'uomo con la maschera a sega,* quando si rese conto che era lo stesso, un brivido dal profondo dell'anima le attraversò ogni poro della pelle, la gola le si seccò e le mani cominciarono a tremare. Non riusciva a spiegarsi perché mai le stesse succedendo questo, ma dentro di sé si chiedeva: "Cosa c'entrava quella vecchia con il libro? O era una parente di quel pazzo della foresta?

Evidentemente era qualcosa che non voleva scoprire. Ma quel dettaglio gli aveva fatto venire il terrore di immaginarlo, ovviamente non poteva scendere dall'auto lì in mezzo alla strada, perché c'erano ancora almeno dieci chilometri da percorrere dall'asilo al villaggio, e se quella vecchia lo avesse avvertito se avesse incontrato quel pazzo, sarebbero stati nei guai. Indubbiamente aveva più domande che risposte.

Quando finalmente raggiunsero la strada sterrata, l'anziana misteriosa fece loro segno di scendere, perché quella era l'unica strada percorribile, e allora Emily scese nervosamente insieme agli altri. Senza aspettare che arrivasse un'altra macchina, disse ai bambini di iniziare a correre.

- Mamma, perché stiamo correndo - chiese il più grande.

- disse Emily - sulla lavagna quella vecchia signora ha portato lo stesso libro che è venuto a casa nostra quindici giorni fa.

- Ma...

-Non fermatevi, correte.

Non avevano percorso più di un chilometro quando l'auto della polizia li raggiunse: era l'agente Torres, un poliziotto veterano della città.

- Si stanno allenando", disse scherzando mentre l'auto di pattuglia sfrecciava davanti a loro. Emily quasi svenne e gli urlò contro:

- Aiutateci! Qualcuno sta cercando di farci del male, non so cosa diavolo stia succedendo.

Torres fece una lunga smorfia di incredulità.

- Qui a Waterland, qualcuno vuole farti del male? Beh, non so cosa abbiate fatto, ma salite in macchina e ditemi cosa sta succedendo.

Dopo averle raccontato tutto nei dettagli, l'agente Torres sembrava un po' suscettibile e, per sicurezza, le portò in città e, insieme a sei agenti, esortò Emily a mostrare loro il luogo dell'"omicidio" di Tom e la posizione di Jean.

Parte 9

-Deve venire con me, signorina", disse l'agente Torres a lei, che aveva un'aria un po' strana.

- Non di nuovo, non voglio andare lì, non sai cosa abbiamo passato lì, agente, quella cosa con la maschera ha ucciso tutti e quello che è successo a Jean, non voglio andare di nuovo in quella foresta solitaria.

-Non c'è da aver paura, prima di avvisare le grandi autorità devo assicurarmi che sia vero.

-Ma vi sto dicendo la verità, perché non andrete da soli.

-Devi farlo per legge, Emily, fa parte del protocollo. Inoltre, non devi avere paura; con me ci saranno altri sette agenti, tutti armati, andremo con tre auto di pattuglia. I ragazzi e le ragazze saranno seguiti da due poliziotti; staranno bene, non ci vorranno più di due ore.

Dopo aver convinto Emily, i poliziotti si recarono sul posto, sulla stessa strada inquietante. Quando raggiunsero l'inizio della strada sterrata, Emily rabbrividì al solo pensiero di tornare in quel luogo, ma dovette farlo. Dopo trenta minuti arrivarono nello stesso luogo indicato dalla donna, ma non c'erano tracce di sangue o di corpi, né alcuna traccia di un massacro. Torres, pensando che si trattasse di un malinteso, ordinò ai poliziotti di proseguire fino a raggiungere il lago e di accertarsene.

- È sicura che sia tutto vero, signorina Brown? -chiese Torres davanti alla casa sul lago. -Spero che sia vero.

- L'agente Torres ci conosce da anni e non inventerebbe mai una cosa del genere, lo sa bene.

- La conosco dalla mia lista, so che è una persona onesta, ma abbiamo appena controllato e non c'è nessun corpo, gli agenti sono già dentro e non vedono nulla di anormale a quanto pare. Conosco il signor Jean e Tom, sicuramente saranno là fuori.

- Non mi sto inventando niente, dannazione, lo capisci", disse Emily un po' seccata.

-Quella cosa li ha uccisi, anche Jean si è sacrificato perché potessimo fuggire tutti lungo la strada, ed è per questo che ci ha trovati a correre.

-Sembra abbastanza credibile, ma senza prove non possiamo fare nulla, signorina, prima perlustriamo il villaggio e poi diamo l'allarme", disse l'ufficiale mentre dava l'ordine a tutti che era ora di andarsene.

Sulla via del ritorno, gli ufficiali trovarono il sentiero chiuso da due alberi tagliati. Gli ufficiali erano allarmati, così come Emily, e immediatamente dalla cima della montagna caddero in un'imboscata di uomini vestiti con spaventapasseri e cappucci a bocca di sega.

Da questa parte del Texas si dice che questi assassini vivano ancora tra le montagne della città di Wilstermann. L'identità di quell'anziana donna non è mai stata conosciuta. Secondo quanto raccontato dalle ragazze è quello che racconto in questa storia. Ma in teoria, quella vecchia donna era forse la madre dello o degli psicopatici che vivevano o vivono in quella parte della foresta. Se ricevete un libro di una pagina senza contenuto e con una faccia a denti di sega sulla copertina, non leggetelo e buttatelo via. La teoria di Anita è che, a quanto pare, la vecchia è responsabile della scomparsa delle persone in quel luogo, perché all'inizio del Novecento tutte quelle montagne le sono state sottratte dalle miniere straniere e originariamente dal Waterland. A causa di questo odio, sono stati realizzati dei libri con la leggenda: *"non compratemi", che* alludeva alla sua terra che alla fine è stata acquistata da forestieri.

Parte 10

Storia dell'orrore

Tomas, un ragazzo di appena 15 anni, stava pascolando la coppia di mucche del nonno Raul lungo quegli imperscrutabili e ripidi sentieri di Onish, un villaggio nella Germania orientale, nel 1850...

Tomas era cresciuto in quel luogo e non aveva paura di uscire di pomeriggio per correre sui pendii. In quell'insediamento nella foresta c'erano solo una dozzina di capanne rudimentali, tra cui quelle del vecchio nonno Raúl e della sua ricca moglie, Doña Candelaria...

Il ragazzo era cresciuto con loro dopo che la madre era morta in circostanze "strane" in un cabaret. Lo zio Raul decise di lasciare Hanover, dove vivevano, dopo quell'evento... non voleva che gli venisse ricordata quella città. Così prese la moglie e il nipote di quattro anni e partì per alcuni ettari di terra ereditati decenni prima dal bisnonno.

-Sullo sfondo si vedeva il vecchio che brontolava, lottando per accendere il fornello dove preparavano il cibo.

Quella casa era enorme, non per niente il vecchio Raul aveva passato gli ultimi anni a costruire case di legno a Monaco, e in quella foresta c'era legno in abbondanza. Così aveva costruito la casa dei suoi sogni. Un grande cortile si estendeva tutt'intorno, e i pollai si stagliavano ovunque....

-Ci hai messo troppo tempo", si sentì dire il vecchio, che non aveva più di settant'anni, ma lo scorrere del tempo era ancora visibile....

-Scusami, nonna, è solo....

-Non è niente", rispose amaramente, mentre continuava a lavorare su quei tronchi non illuminati.

Picchiava Raúl quando era più giovane, anche se a quell'età si limitava a insultarlo. Chi invece picchiava almeno ogni settimana era sua moglie Candelaria, perché gli ricordava il passato di come la conosceva.

-Domani devi andare presto a prendere la mucca più vecchia, la venderò, non abbiamo soldi, e sabato dobbiamo andare a fare la spesa, gli ultimi formaggi non sono stati venduti, e abbiamo bisogno di soldi. Improvvisamente gridò. Tomas annuì e se ne andò con la nonna che si guardava alle spalle, timorosa come sempre della reazione del marito.

-Mi dispiace abue Mati, abue è più arrabbiato del solito ultimamente.

-È diventato troppo vecchio, figliolo, e sai come tendono a diventare... Vieni! Vieni a mangiare, ti preparo i piselli che ti piacciono tanto.

Fedele all'ordine, il giorno dopo il ragazzo si alzò molto presto e percorse la lunga strada per fare ciò che la nonna gli aveva detto di fare.

La vecchia mucca che sua nonna stava per vendere era la sua migliore amica, l'aveva messa al pascolo e tenuta in ordine negli ultimi 8 anni, e non voleva dire nulla a suo zio, ma non voleva venderla.

-Mi dispiace tanto per la mia cara piccola amica yuyis, come si chiamava la mucca", disse accarezzandole la testa... non voleva che si trasformasse in bistecche al mercato, ma se non avesse fatto come diceva lui, forse avrebbe preso delle botte, e ovviamente doveva prenderla.

-Beh, non voglio vendervi yuyis", disse ancora una volta. Improvvisamente si girò verso un lato della pianura alla ricerca delle altre due mucche, che per ora stavano meglio, perché erano più giovani, producevano più latte e questo si traduceva in denaro. Non era insolito che si perdessero di vista, dato che si aggiravano sempre dietro gli alberi dell'intera zona, ma di solito non si allontanavano troppo...

-Ebbene, dove sono?", sussurrò tra sé e sé. Poi chiamò di nuovo i nomi: invi, Tesita, dove sono le mucche? Di solito rispondevano sempre con rumori o soffi, ma questa volta non c'era nulla, dopo ripetuti richiami.

-Aspettatemi qui Yuyis, continuate a mangiare, io andrò in quella macchia di alberi, forse è lì... dove sono andate queste maledette donne!

Per il ragazzo non era nulla di insolito, aveva già passato un'ora a cercarli, quindi non era affatto preoccupato, ma quando arrivò a quella macchia di alberi e a quel terreno accidentato, la paura cominciò a invaderlo sottilmente. Sui tronchi degli alberi giacevano numerosi schizzi di sangue secco, ma nonostante ciò l'aspetto era spaventoso e il gioco di ombre di quel luogo gli faceva venire la pelle d'oca, non era affatto nervoso, ma la cosa non gli piaceva affatto.

Per un istante pensò che forse si trattava di un branco di lupi; quando il pensiero gli attraversò la mente, guardò a terra e afferrò un bastone di legno per sicurezza. Era un po' irrigidito dallo shock, voleva controllarsi, ma non ci riusciva. Diede un'occhiata fugace a dove aveva lasciato Yuyis, ma non c'era più.

-Che diavolo, Yuyis, ti avevo detto di non muoverti", sussurrò tra sé e sé.

-La mucca è condannata. Dopo aver preso fiato e essersi convinto che non aveva nulla a che fare con le sue mucche, e che al massimo si trattava forse di un cervo ferito o di un cacciatore dell'insediamento in cui vivevano, anche se a pensarci bene non era tipico, l'unico che sapeva che aveva un vecchio fucile da caccia era don Abundio, ma lui non cacciava più dopo essere stato accecato a un occhio, quindi dopo averci riflettuto, questo non gli sembrava logico.

Ingoiò il fiato e fissò gli alberi a valle. Dopo pochi minuti in cui non vide nulla di strano intorno a sé, decise di scendere dall'altro lato della macchia di alberi per cercare le mucche nelle gole, anche se questa volta lo fece in silenzio. La sua paura si era attenuata, ma temeva che se un predatore fosse stato in agguato non avrebbe attirato l'attenzione su di sé. Andò con il bastone in mano, anche se in tutti quegli anni non avevano mai avuto problemi con i lupi, così si consolò in un certo senso.

-Questo è un sacco di sangue, sussurrò. -I coyote che mangiano le galline di Abue Matilde di solito lasciano del

sangue, ma questo è troppo, non credo siano cani... è un po'
secco, ma aveva meno di un'ora, pensò.

Mentre i suoi piedi attraversavano la fitta vegetazione in
discesa, qualcosa lo fermò improvvisamente, e ciò che gli si parò
davanti fu una scena raccapricciante. A cinquanta metri di
distanza, tra alcuni alberi con poche foglie, giacevano due
mucche, completamente squartate a metà e con le budella
svuotate, un atto raccapricciante.

Tomas si bloccò, il bastone gli cadde di mano per lo shock.
Il ragazzo inghiottì la saliva che gli bagnava la bocca secca. Si
accovacciò e si nascose tra la vegetazione, facendo emergere dal
fogliame semi-secco solo la testa e un po' di spalle.

-Santo Dio, che cos'è? Invi Tesita, cosa gli è successo?
-sussurrò tra sé e sé, mentre cercava di allontanarsi lentamente,
ma era impossibile a causa del pendio scivoloso.

- Gli hanno tagliato la testa", ha detto tra le labbra.

- Devono essere stati quei maledetti lupi. Devo andarmene
da qui.

Guardò il panorama, saltò in piedi e con le mani si arrampicò
subito in salita, finché, dopo un paio di minuti, raggiunse di
nuovo la macchia di alberi e corse subito sotto il pianto, cercando
di vedere gli Yuyis da tutte le parti, che non si vedevano da
nessuna parte.

-Dove sei Yuyis? Yuyis", sussurrò dolcemente, cercando di
non alzare troppo la voce. - Dove diavolo sei stato?

Deciso ad andarsene da lì, all'improvviso guardò il lato del
sentiero di montagna e vide il suo amato Yuyis spaccato in due
come se fosse stato chiuso con un bullone a doppia mandata.
Come quelli che si usavano tra due persone per tagliare i pezzi di
legno.

La scena inquietante lo fece tremare. Istintivamente volle afferrare una pietra, ma non ce n'erano nelle vicinanze, così iniziò a correre con tutte le sue forze, senza voltarsi indietro. Quello che stava vivendo pensava fosse un incubo. Mentre correva si pizzicò, ma evidentemente non faceva parte di un brutto sogno.

... Dopo circa quindici minuti raggiunse il ruscello. Lì si fermò leggermente, perché sentiva l'anima abbandonarlo per la stanchezza.

Si guardò indietro e di nuovo gli venne una paura incessante, come se fosse osservato attraverso le fessure dei cespugli. Senza togliersi i pantaloni, come era solito fare, si tuffò nel fiume, perché non era il momento per questi dettagli. Quando uscì da quella parte, in qualche modo respirò un po' più di sollievo, tuttavia, aveva ancora circa due chilometri da percorrere prima di raggiungere l'insediamento di capanne distanti almeno 40 metri l'una dall'altra, che al massimo era composto da 13 capanne.

Fece un respiro profondo, raccolse due grosse pietre e riprese a correre. Dentro di sé aveva la sensazione che qualcosa lo seguisse o lo osservasse da lontano.

Dopo aver corso per una ventina di minuti, finalmente individuò la macchia di scatole sparse in tutta quell'area, e si sentì sollevato, almeno era riuscito a mettersi in salvo, diceva di sapere cosa. Perché di una cosa era sicuro, che qualunque cosa fosse a fare quelle mucche non erano animali, è che Tomas sapeva bene che gli animali non spaccano in due una mucca perfettamente e senza rumore... facilmente, se fosse stato un branco di lupi sarebbe stato scandaloso, ma non sentì nemmeno un rumore.

Sapeva perfettamente che qualsiasi cosa avesse ucciso le mucche di sua nonna era umana, almeno così pensava.

-Lì c'è la casa del signor Misael", sussurrò a se stesso mentre accelerava il passo, perché ormai non aveva più abbastanza forza per correre.

- Señor Misael, gridò un altro paio di volte dalla porta del cortile, a circa cinque metri dalla porta d'ingresso.

-Il signor Misael.

Non ricevendo risposta, ha pensato di essere nel campo e si è spostato in quello successivo, a circa trentacinque metri di distanza, dove non è uscito nessuno.

-Penso che funzionino tutti?

Ah", esclamò, prima di raggiungere la casa successiva, e pensò al signor Abundio, il cacciatore, un uomo anziano sposato con una donna anziana, che essendo cieco non lavorava. Voleva chiedergli un consiglio o qualcosa del genere prima di andare da suo nonno Raúl e spiegargli tutto, perché aveva paura di arrivare così.

-Signor Abundio, signor Abundio, signora, c'è?

Poiché la casa del vecchio in questione non aveva un cancello a sbarrare la strada, si sentì sicuro di passare. Attraversò lentamente il cortile fino alla porta d'ingresso, una grande porta di quercia che bloccava la luce con una pelle di daino.

Quando raggiunse la porta, bussò tre volte senza fermarsi e sussurrò innumerevoli volte il nome del signore.

-Signor Abundio, signor Abundio, c'è qualcuno?

Non ricevendo risposta, si avventurò ad aprire la porta. Sbirciando all'interno, notò che era un po' buio, poiché non entrava luce se non dalla porta posteriore aperta. Era già andato con loro a portarle i formaggi e l'aveva riconosciuta quando si era chiuso la porta alle spalle. Si diresse verso la cucina e quando vi giunse gli si ripresentò davanti una scena macabra, in ombra e appena abbagliante, il corpo del signor Abundio pendeva, trafitto da dietro con un uncino che gli usciva dalla gola. Sopra la sua testa sporgeva un'enorme testa di cervo che l'uomo aveva cacciato anni prima. Sul tavolo giaceva la vecchia moglie del partito, fatta a pezzi, ed era una scena uscita dal peggior racconto dell'orrore di Poe.

Non riusciva a spiegarsi il perché di tutto questo. Il povero ragazzo pensava che presto si sarebbe svegliato e sarebbe tornato alla realtà, ma per quanto si pizzicasse e tremasse, non tornava.

E poi, quando decise di voltarsi per scappare, inciampò su una falce e capì che chiunque fossero, probabilmente erano uomini o fuorilegge venuti da qualche altra parte, così cercò di uscire da lì, e corse e corse fino a raggiungere la casa dei nonni, pregando gli dei dell'Olimpo di credere che i suoi nonni non avessero passato la stessa cosa, non si sarebbe perdonato.

Una volta arrivato, prese un bastone spesso e rimosse il lucchetto dal cancello che conduceva al cortile. Poi si avviò con cautela verso l'ingresso della casa. Ma ciò che lo colpì in quella strana mattina, verso le undici, fu che le galline non si vedevano da nessuna parte, né i due cani Lucas e Chombi, non si sentivano nemmeno gli uccelli, sembrava che tutto fosse scomparso. Ingoiò il fiato e prima di entrare diede un'occhiata dietro le spalle, per sicurezza, e poi entrò...

Quando mise piede all'interno, si rese conto di una cosa oscura, e cioè che i suoi nonni avevano vissuto la stessa atroce esperienza per mano di quei maledetti psicopatici, chiunque essi fossero, ma a differenza di tutti i precedenti che aveva osservato, i corpi di entrambi, soprattutto del nonno Raul, erano stati fatti a pezzi in modo selvaggio, come se fossero stati tagliati a pezzettini: era stato vilmente torturato, perché la sua carne era orribilmente nera e maciullata.... L'unica parte riconoscibile era la testa e il volto senza occhi, completamente scuoiato.

In quel momento si chiese cosa avesse fatto il povero nonno per meritarsi tanto, anche se si era comportato male con lui, nemmeno nei suoi peggiori incubi gli avrebbe fatto questo. D'altra parte, nonna Matilda era stata solo smembrata, e il suo grembo estratto dalle parti nobili, era stata ugualmente selvaggia, e la sua testa sul tavolo.

Non sapeva cosa fare né dove correre, perché se fosse uscito e fosse andato nelle altre case che non era riuscito a raggiungere, avrebbe sicuramente trovato la stessa scena, così pensò di nascondersi nella boscaglia e di fuggire da lì verso il villaggio di Rakit, una quindicina di chilometri più in basso.

Poi l'oscurità avvolse Tomas e lui cadde a terra.

5 ore dopo...

Forza, svegliatevi! Forza, svegliatevi! -Si sono sentite delle voci all'interno di una stanza di cemento.

Il ragazzo aprì appena gli occhi e si rese conto di essere legato e di avere davanti a sé un manipolo di barbuti dall'aspetto feroce.

- Figlio di puttana, gli hanno gridato, mentre altri gli sputavano addosso.

Tomas balbettò, cercando di spicciare un paio di parole e di chiedere loro cosa avesse fatto per meritarsi quel supplizio, e a quel punto fu battuto sul tempo.

Che cosa ho fatto, signore? chiese al vecchio di fronte a lui. Un uomo con una benda su un occhio. Un altro uomo più giovane, sulla cinquantina, stava fumando una sigaretta, e gli altri non riusciva a vederli, perché erano fuori dalla portata dell'unica lampada a olio che illuminava quella zona...

Improvvisamente il tizio con il cerotto cominciò a ridacchiare... E disse:———-—Sai, quando ero più giovane ho sempre detto che mi sarei vendicato di quello stronzo e di tutto ciò che possedeva.

Tomas non capiva cosa significassero quelle parole, era che al di là delle parole, a volte era difficile capire l'accento serbo che avevano, chiaramente non tedesco ma serbo con accento tedesco. Ancora una volta il ragazzo rispose quasi sull'orlo delle lacrime, come se implorasse non tanto la sua vita quanto la tortura.

-Io, signore, ho 15 anni..., non ho fatto nulla nella mia vita per meritarmi questo, stavo solo pascolando le mucche di mio nonno....,

- Stai zitto", disse il vecchio lanciandogli la sigaretta ancora accesa, che lo colpì in faccia lasciando un leggero segno di cenere.

-Beh, prima di finire la mia vendetta, te ne parlerò un po'", disse, poi voltò le spalle e si sedette su una sedia rudimentale. L'altro uomo si allontanò dalla luce e rimase nell'ombra, proprio come gli altri uomini, solo le loro enormi sagome erano visibili.

"Trent'anni fa, l'esercito bavarese, di cui faceva parte il tuo misero nonno, cercò di conquistare una zona del regno di Prussia, in quegli anni vivevamo a nord, in una piccola regione agricola. Io ero un piccolo imprenditore che dava molto lavoro alla gente..., quel posto era bellissimo, ed eravamo tutti molto uniti, al massimo vivevamo lì, circa duemila persone. Poi, quando è arrivata un'unità dell'esercito bavarese, ha fatto degli abomini. Dopo aver indagato a fondo su chi fosse il colpevole di questi ordini, abbiamo scoperto che si trattava di un ufficiale chiamato Raul Vadover Kisok.

Dopo aver finito, deglutì e rimase in silenzio per qualche secondo. Sembrava che il sessantacinquenne ne fosse enormemente ferito. Poi proseguì con un po' più di calma.

"Pensavamo che avrebbero lasciato le donne vive, ma non bastava: le violentarono tutte insieme e poi le uccisero. Quando alla fine l'esercito prussiano li cacciò e furono stipulati accordi di pace per un cessate il fuoco, tutti se ne dimenticarono, ma non noi... volevamo vendicarci, e io Benjamin Ranke, un uomo d'affari, giurai a me stesso che non sarei morto prima di aver visto consumare la vendetta, spesi tutti i miei risparmi di allora per indagare su chi fossero, e sapete? Negli ultimi trent'anni abbiamo giustiziato tutti i soldati che avevano partecipato a quel battaglione, l'unico che avevamo perso, la traccia: era il principale bastardo, ed era il tuo dannato nonno..., era l'ultimo, il quindicesimo di quell'unità. Giurai a me stesso che tutti quelli che appartenevano a lui sarebbero morti. Ecco perché le mucche, ed ecco perché tutto ciò che lo riguardava. Non potete immaginare quanto abbia sofferto. Ma, purtroppo, l'abbiamo perso di vista quando l'abbiamo avuto lì in pianura. L'ideale sarebbe stato che vedesse la fine di te davanti ai suoi occhi, ma non si può sempre avere tutto. Quindi, giovanotto, eccoti qui! esclamò in tono ironico.

In quel momento Tomas capì qualcosa: che suo zio Raul aveva avuto un passato oscuro che non aveva mai immaginato, e sapeva che era stato un soldato e così via. E che prima della morte della madre aveva lasciato il suo posto di allenatore di tiro, ma che da semplice ufficiale di basso rango era diventato un sanguinario assassino, questo lo poneva in un'altra categoria nella sua mente.

Il vecchio Benjamin si alzò lentamente, poi allungò la mano nel suo trench e tirò subito fuori una strana lama. Tomas intuì il peggio. Sapeva che era la fine, e ben meritata dopo aver sentito quella storia oscura. Anche se suo zio era un mostro, senza di loro come figure familiari e non conoscendo nulla al di fuori di quel luogo, sentiva di non avere alcun motivo per rimanere in questo mondo, così si rassegnò a qualsiasi cosa dovesse accadere.

Benjamin si diresse verso di lui pronto a finirlo. Ma poi, il tizio sicuramente in seconda, lo fermò con queste parole: "Ascolta Beniamino! Il ragazzo non c'entra niente, lascialo andare, se vuoi placare un po' la tua vendetta, almeno cavagli un occhio e lascialo andare, non è giusto che per i peccatori paghino i santi".

Benjamin si fermò un attimo e cominciò a ridere di gusto. Poi esclamò.

-Credi che lascerò perdere, Theodore? Ho passato gli ultimi trent'anni ad assaporare questi momenti di giustizia. E ora mi dici: lascialo andare. (Ancora risate).

Benjamin iniziò a fare qualche passo, pronto a tagliare la strada al ragazzo. Tomas non disse nulla. Poi il ragazzo alle spalle di Benjamin gridò forte:

-Alza le mani su Benjamin. Non farò lo stesso con lui. Abbiamo ucciso abbastanza persone innocenti in questo posto perché questo ragazzo subisca la stessa sorte. Teodoro gli puntò contro una pistola a colpo singolo. Gli altri uomini accanto a lui, che erano i sicari di Benjamin, non fecero nulla all'ordine di Benjamin di uccidere Teodoro, forse perché si erano guadagnati il rispetto di Teodoro.

-Non renderemo colpevoli i bambini. Quelli che abbiamo giustiziato erano fantastici, ma ora basta! Avete già finito il principale, quindi smettetela subito!

- È così che mi ripaghi, Teodoro? Non dimenticare che ti ho tolto dalla strada, ricordi?

Theodore abbassò leggermente lo sguardo, ma non si lasciò manipolare e mise di nuovo il dito sul grilletto.

-Ho detto di fermarsi", gridò di nuovo, questa volta più determinato.

Poi, all'improvviso, Benjamin si girò pronto a scagliare il pugnale contro Theodore, ma proprio in quel momento fu colpito da un proiettile nel petto, che lo uccise all'istante.

Poi si avvicinò al ragazzo con il pugnale, lo slegò e gli disse:

Vai, esci! Nessuno ti farà niente... Puoi andare.

Il ragazzo scese come poté le scale di quella stanza e ne uscì, evidentemente non conosceva questa città moderna, ma sembrava che si trovassero a Berlino...

Fine

"Nell'ombra esiste tutto ciò che si può immaginare. Non c'è limite al terrore, non c'è fine al male. Nell'oscurità, l'impensabile prende vita e si nutre delle nostre paure più profonde".

Grazie
Storia Storia aggiunta

2023
Aiden Ziff

Se la storia vi è piaciuta, lasciatemi pure un commento.

Citazione del terrore

"Nell'ombra della notte, dove la ragione svanisce e la paura diventa una compagna, i sussurri dell'ignoto risvegliano le paure più profonde della nostra esistenza. Negli angoli bui si annidano segreti che lacerano la realtà, mentre le tenebre si nutrono delle nostre anime con disumana voracità. Il terrore non aspetta nell'ombra, ma nasce dalla nostra stessa immaginazione, tessendo incubi che si annidano nelle pieghe della nostra mente".

Citazione 2 del terrore

"Nella quiete di un antico cimitero dimenticato dal tempo, le lapidi giacciono silenziose come testimoni di un passato oscuro. Tra i sussurri del vento sepolcrale, un'ombra ancestrale si risveglia dal suo eterno letargo. Gli alberi contorti tremano, le foglie cadute danzano al ritmo del macabro. La morte prende forma, strisciando tra le tombe, con i suoi occhi vuoti alla ricerca di anime incaute. La terra tremante emette un sospiro maligno e in un attimo le anime perdute emergono dalle loro tombe, desiderose di vendetta. Nella notte più buia, sotto la coltre delle stelle morenti, il cimitero prende vita, trasformandosi in un palcoscenico infernale dove la morte reclama il suo tributo".